with coffee

with coffee

—

초판 1쇄 2013년 3월 4일
초판 3쇄 2017년 11월 22일
지은이 용혜원
펴낸이 김영재
펴낸곳 책만드는집

—

주소 서울 마포구 양화로3길 99, 4층 (04022)
전화 3142-1585·6
팩스 336-8908
전자우편 chaekjip@naver.com
출판등록 1994년 1월 13일 제10-927호

—

ISBN 978-89-7944-425-4 (03810)

—

이 도서의 국립중앙도서관 출판사도서목록(CIP)은 e-CIP 홈페이지(http://www.nl.go.kr/cip.php)에서 이용하실 수 있습니다.
(CIP제어번호 : CIP2013000730)

용혜원 커피시집

책만드는집

| 차례 |

너와 함께하던 그 카페에서

나를 떠나는
뒷모습을 바라보기엔
너무나 슬프다

차가운 눈빛으로 떠났지만
그대를 생각하면
내 가슴은 아직도 뜨겁다

그리울 때면 창밖을 바라보며
한 잔의 커피에 그리움을
녹여 마신다

커피 잔 속에 내가 보인다
한 잔의 커피 속에
그리움이 온몸에 흐른다
실핏줄까지 흐르는 너를 만나러
달려가고만 싶다

너와 함께하던 그 카페에서
에스프레소를 만나고 싶다

바다는 그리움을 만든다

그리운 마음 삭이는 건
뼈를 훑는 듯한 고통이다

온몸을 두 팔로 감싸 안고
얼굴을 두 손으로 가린다고
그 마음이 달라지는 것은 아니다

막연한 기다림은
가을바람 가는 것도 모른 채
흔들리는 갈대처럼
몸부림친다

여행을 떠나면
늘 발길의 끝은 해변가에 닿는다
바다는 늘 그리움을 만든다

해변을 걷다가 바위 위에 걸터앉아
마시는 커피는
진한 인생을 느끼게 한다

모든 시름도 파도 소리에 갇혀버린다
다정한 연인들이 정겹다

그대 생각이 난다

어디론가 떠나고만 싶다

달리는 기차 안에서
자판기 커피를 조금씩 조금씩
꼭꼭 씹어 먹고 싶을 때가 있다

떠나고 싶다
모든 것을 뒤로하고
떠나고 싶다

갈증이 느껴진다
목줄기부터 심장까지
새로운 것들에
푹 젖어들고 싶다

내 가까이 있는 것들 모두
떨쳐버리고 싶다
잠시 쉬고 싶다
비록 종이컵에 담긴 커피지만
한 잔만큼의 행복이 있듯
그렇게 살고 싶다

떠나고 싶다
간편한 차림에
가방 하나 둘러메고
어디론가 훌쩍 떠나고 싶다

마법에 걸려

눈을 크게 뜨고 보아도
그대는 보이지 않는다

한 잔의 커피에
고독을 함께 담아두고
그대를 기다린다

기다림이 긴 탓인지
가슴까지 아려온다

그대가 나에게 걸어놓은
사랑을 언제까지
남겨놓을 것인가

달도 구름 속으로
숨어버리는 이 밤
그대가 내 가슴에
너무도 또렷하다

고요한 밤에

고요한 밤
눈처럼
하얀 커피 잔에
홀로 진한 커피를 마신다

온몸에 은은히 녹아 흐르는
한 잔의 커피와 함께
시를 읽고
시를 쓴다

세상은 숨죽은 듯 고요한데
목줄기로 커피 넘어가는
소리가 크게 들린다

살아가는 것은
멋을 느끼는 것이다
인생의 맛을 아는 이는
참으로 행복하다

인생이란 여행길

하얀 잔에 담긴
커피의 진한 맛에 목을 축인다

어두운 밤에 구름 사이로
얼굴을 내미는 달의 그리움처럼
내 마음의 그리움을 쏟아낼 수 있으니
시인으로 산다는 것은
참으로 즐거운 일이다

그 진한 맛

휘몰아치는 마음의
격정을 달래려
천천히 커피를 마신다

혀끝의 갈증보다
몸속의 갈증이 더하다

피곤한 삶을
잠시 반짝이게 하는 커피
한 잔의 에스프레소

그 진한 맛을
한 모금씩 한 모금씩 느낀다

한 잔의 뜨거운 커피로
온몸이 따뜻하다

여유로움을 느끼며

커피 한 잔이
마음을 상쾌하게 만든다
맑은 생각을 떠오르게 해준다

따분할 때
향 좋은 커피를 마시면
기분이 한결 부드러워진다

한 잔의 커피와 함께
삶을 생각하는
조용한 시간을 갖는 것도
좋은 일이다

짧은 시간 동안
누릴 수 있는 여유로움도
때론 깊은 의미가 있다

커피 잔에 떠 있는 그리움

커피 잔에 떠 있는
그리움으로
너를 본다
너를 만난다

벽이 느껴지고
허무해질 때
이별을 준비해야 하는가 보다

떠나고 싶은 건
너를 목숨 걸고
사랑할 수가 없어서다

마주친 눈빛만으로
사랑하기엔
세월이 너무도 빨리 흐른다

간이역에서

낯선 간이역에선
모든 것이 생소하다
무표정한 사람들

눈에 들어오는 것 모두
모른 척하는 것만 같아
사랑하는 이가 더 그립다

기차를 기다리며
마시는 커피 한 잔
두 손으로 종이컵을 감싸며
조금씩 천천히 마신다

목젖까지 마르게 하는 고독
커피로 조금씩 조금씩
씻어 내린다

기차는 역으로 들어오고
사랑하는 이가
더욱 그리워진다

찻잔에 미소를 띄우며

찻잔을 두 손으로 꼭 잡고
그대와 눈을 맞추며
찻잔에 미소를 띄우며
커피를 마신다

한 모금
한 모금에
신명이 난다

그대의 눈빛에서 전해진
사랑의 촉촉함이
가슴을 적시고 있다

한 잔의 커피와 함께
그대의 사랑이
내 가슴에 쏟아져 내린다

이별의 아픔

구름만 가려도
금방 어두워지는 세상인데
떠나버린 사람의 그림자가
내 삶을 어둡게 한다

어깨를 나란히 하고 걸었던 길도 사라지고
꼭 쥐었던 따스한 손길도 사라졌다

이별의 아픔은
다시 돌이킬 수 없는
마음의 상처로만 남았다

너를 생각하며 숨소리조차 죽이며
마시는 한 잔의 커피에
온몸을 맡긴다

이별의 아픔을 잊기 위해
탁 트인 바다를 보러
여행을 떠나야겠다

내 안에 남아 있는 그대의 눈빛

뜨거운 커피를
두 손으로 감싸며
그대의 체온을 느껴본다

커피 잔에 입술을 대며
그대의 입술을 느낀다

내 안에 남아 있는
그대의 눈빛이 따뜻하다
커피 맛을 느끼듯
그대를 느끼고 싶다

내 마음에
그대를 사랑하는 마음이
불타고 있다

강이 보이는 카페에서

강이 보이는 카페에서
흐르는 강물을 본다

한 잔의 커피에
그대를 그리워하는
외로운 눈빛을 담아
함께 마신다

가슴 깊이 쌓아두었던
그리움을 강물에 실어
그대에게 보내고 싶다

언제나 세월 사이로
다가오는 그대 얼굴이
보고 싶다

흐르는 강물처럼
세월은 흐르고
내 가슴에 사랑도 흐른다

혼자만의 짧은 여행을

짧게 내린
가을비 소리

외로움을 덜어주는
음악처럼 들렸다

하늘이 푸르다
내 마음도 푸르다

떠날까
한 잔의 커피와 함께

나 혼자만을 위한
짧은 여행을

그대의 향기

커피 향이
무척이나 그리운 날이 있다
커피 향 나는 커피 잔을
마냥 바라보고만 싶을 때가 있다

커피를 사이에 두고
그대와 마주하고 싶다

내 마음의 골짜기에서
흘러내리는 고독을 씻으려
한 잔의 커피에
그리움을 담아 마신다

한 잔 가득한 향기를
온몸에 담으면
그대의 향기가 그립다

혼자 마시는 커피

하얀 손으로
잔을 들어
커피를 마시고 있는
네 모습
참 아름답다

커피 한 잔에
그리움을
다 채울 수는 없지만
너를 기다리며
홀로 마시는 커피

애잔하게 흐르는 음악 사이로
커피 잔에 고여드는 그리움
커피 잔에 다가가는 내 입술로
깊은 입맞춤을 느낀다

고독마저 벽에 갇힌 날

고독마저
벽에 갇힌 날은
한 잔의 커피조차
다 마시지 못하고
아무 일도 할 수 없다

가슴에 사랑만 커가는 줄 알았더니
고독도 함께 커갔다
나는 고독에 길들여지고
도리어 사랑을 느낀다

진한 커피를 마실 때마다
고독이 나를 더욱
사로잡는다

모닝커피

이른 아침
바다가 보이는 찻집에서
모닝커피를 마신다

시퍼렇게 살아 밀려오는 파도도
내 가슴을 다 적시지 못하는데
한 잔의 뜨거운 모닝커피가
목줄기부터 천천히 적셔주고 있다

이른 아침
한 잔의 커피가
갯내음보다 더 짙게
내 몸을 적실 것만 같다

거리를 걸으며

바람의 온도마저 내려간
한겨울 춥디추운 날
거리를 걷노라니 온몸이 움츠러든다

눈에 띈 로즈버드에서
커피 한 잔을 사 들고
조금씩 마신다
얼었던 몸에 따스한 온기가 퍼진다

종이컵이 비워질수록
온몸이 커피로 젖는다
너의 입술이 다가온다
내가 너를 안았을 때
네가 내 안에 가득하고
종이컵이 다 비워졌을 때
나는 한 잔의 커피가 되었다

추운 겨울, 거리를 걸으며 마시는
한 잔의 커피는
삶의 깊이를 느끼게 해준다

달맞이고개

넓고 푸른 바다가
한눈에 내려다보여 좋은
부산 달맞이고개 '알렉산더'에서
커피를 마신다

확 트인 바다가 보여
가슴이 더 넓어지는 것만 같고
공해로 찌든 허파가
제대로 숨을 쉰다

커피 잔의 따뜻함이
사랑하는 이의
체온처럼 느껴진다

삶은 낭만을 원하고
사랑을 원하기에
사랑하는 사람과 바다를 바라보며
마시는 한 잔의 커피는
더 낭만적이다

여행은

여행은
여유로움이고 행복이다
그 자유를 아는 사람은
모든 것을 잊고 떠난다

삶에 지쳐
여행을 떠나는 사람들도 있고
행복하기에 떠나는 사람들도 있고
고독하기에 떠나는 사람들도 있다

평생 삶의 울타리 안에서
맴맴 돌다가 떠나간 사람들이
얼마나 많을까

여행을 통해 눈으로 보고
가슴으로 느끼며
새로운 풍경 속으로 빠져드는 것이
얼마나 좋은가

낯선 곳에선

아무도 알아볼 수 없으니
더 자유롭지 않을까

여행을 떠나
모든 걸 잊고
한 잔의 커피에 몸을 맡길 때
삶의 맛이 더해진다

P. FIGUEIRA
12
581

밤기차

밤기차를 타면
외롭다

옆에 낯선 사람이
앉아 있으면
더 외롭다

어두운 창밖을 바라보며
커피를 마시면
외롭다

삶은 언제나
나가는 출구
돌아올 수 없는
출구밖에 없다는 것을
느낄 때
더욱 외롭다

사랑의 시

원두커피
향기 가득한
서재에서
한 편의 시를 쓴다

짙은 향기가
온몸에
스며든다

이럴 때는
사랑의 시를
써야 하리라

짙은 향기 나는
사랑의 시를
써야 하리라

한 잔의 커피 1

사랑이 녹고
슬픔이 녹고
마음이 녹고

온 세상이
녹아내리면
한 잔의 커피가 된다

모든 삶의 이야기들을
마시고 나면
언제나
빈 잔이 된다

나의 삶처럼
너의 삶처럼

한 잔의 커피 2

나도 모를
외로움이
가득 차올라

뜨거운
한 잔의 커피를
마시고 싶은
그런 날이 있다

구리 주전자에
물을 팔팔 끓이고

꽃무늬가 새겨진
예쁜 컵에
앙증맞은 작은 스푼으로
커피와 설탕을 담아
하얀 김이 피어오르는
끓는 물을 쪼르륵 따라

그 향기와

그 뜨거움을
온몸으로 느끼며
삶조차 마셔버리고 싶은
그런 날이 있다

열정의 바람같이
살고픈 삶을 위해
뜨거운 커피로
온 가슴을 적시고 싶은
그런 날이 있다

커피를 마시는 멋

커피를 마시는
멋을 아는 사람은
한 잔의 커피로도
머리가 맑아지는 것을 느낀다

커피만의 고유한 맛을 아는 사람은
모든 차 중에
커피가 최고라고
주저 없이 말한다

커피를 사랑하며 마시는 사람은
코끝에 커피 향을 느끼며
멋진 커피 잔에 맛깔스레
커피를 마시는 그 맛을 안다

살아 있는 동안

살아 있는 동안
내 몸에 뜨거운 피가 흐르듯
살아 있는 동안
빈 잔 가득
뜨거운 커피를 마셔야 한다

힘든 삶의 여독도
한 잔의 커피로 푼다

안개처럼 그림자처럼
지나가는 안타까운 세월이지만
가슴 뭉클하도록 감동을 주는
한 편의 시처럼 살고 싶다

한 편의 시에도
한 잔의 커피에도
깊은 맛이 느껴지고
정감이 흐르는데
인생이란 얼마나 뜻깊고
아름다운 것인가

빈 잔 가득

창밖에는
바람이 고독에 몸서리치듯
세차게 불어오는데
진한 커피가
오랜 목마름을 채울 수 있을까

커피가 자꾸 생각나는 것은
고독하다는 것이다
외롭다는 것이다

덮으려 해도
잊으려 해도
자꾸만 되살아나는
그리움을 어찌할까

뜨거운 커피가
빈 잔 가득 채워졌다
내 마음도 가득 채워졌다

목줄기로 흘러내리는

진하고 뜨거운 한 잔의 커피로
내가 살아 있음을 느낀다

커피 한 잔의 행복

지나간 삶의 그리움과
다가올 삶의 기대 속에
우리는 늘 아쉬움이 있다

커피 한 잔에 행복을 느끼듯
소박한 마음으로 살아가고
작은 일 속에서도 보람을 느끼면
삶 자체가 좋을 듯싶다

항상 무언가에 묶인 듯
풀려고 애쓰는 우리들
잠깐이라도
희망이라는 연을
삶의 한가운데로 날릴 수 있다면
세상은 좀 더 따뜻해지지 않을까

때론 커피 한 잔의 여유를 느끼며
미소를 지으며 살아가고 싶다

커피 단상

한 잔의 커피도 많아
반쯤 따라 마신다
삶이 부담스러운 것인가

추위보다 외로움이
더 추운 걸까

모두들 다 나가고
집 안에 아무도 없는데
커피 향이 나를 유혹한다

조금 전까지
부담스럽던 커피가
지금은 몇 잔을 마셔도
당긴다

커피 덕분에
외로움이 사라진 것일까
한 모금 한 모금에
힘을 얻는다

화창한 봄날에

창밖을 보세요
화창한 봄날인데
어디 안 가세요
이렇게 날씨가 좋은데
누군가와 함께 걷고 싶지 않으세요

하늘을 바라보세요
느낌이 다르지요
봄 햇살을 온몸에 받으면
기분도 상쾌하잖아요
이런 날은 홀로 있지 마세요
사랑하는 이와 함께
커피를 마시며
둘만의 이야기를 속삭여봐요

거리를 바라보세요
줄지어 서 있는 가로수와
거리로 쏟아져 나오는 사람들 속에서도
봄을 느낄 수가 있지요

화창한 봄날인데
사랑하는 이에게
전화 걸고 싶지 않으세요

사랑이란 이름으로
꽃피우고 싶지 않으세요

사랑하는 사람아

커피에는
따뜻한 인생이 있다

떠돌이 나그네처럼
간판도 제대로 보지 않고 들어간
커피점에서
오랫동안 창밖을 바라보며
한 잔의 커피에 인생을 담아 마신다
마지막 한 방울까지
삶이 혀끝에서 녹을 때까지

내 마음에 그리움이
가득 차오른다

사랑하는 사람아
그대가 온다면
나 언제라도 기다리겠다

그대와 함께 있으면

그대와
함께 있으면
한 잔의
커피로도
사랑을 나눌 수 있다

그대와
함께 있으면
한 잔의 커피로도
행복할 수 있다

삼청공원에서

온도계의 키가 점점 더 자라는
초여름 한낮에 잠시 시간을 내어
정겨운 이와
삼청공원 벤치에 앉아
커피를 마신다

초록에 시야가 부드러워지는데
누가 틀어놓았는지
숲 전체에 음악이 흐르고
비둘기가 날아와
평화롭게 모이를 찾는다

번잡한 도시를
잠시 떠난 만남이지만
한 잔의 커피가
서로의 마음을 만져주고 있다

초여름 정겨운 이와
싱그러운 숲 속에서 마시는
커피 맛이 정겹다

해운대 바닷가에서

밀려오는 파도에 시선을 실으면
어느덧 수평선에
눈길이 다다른다

파도는 지나온
세월 지우기를 연습하고 있다

여름 바다를 즐기러 온 사람들이
온갖 색상으로
자신을 드러내 놓고 싶어 한다

태양이 불 지른 열정이
옷을 벗기고 있는 것일까
모두들 몸을 드러내고 싶어
파도에 몸을 실어 보내고 싶어
안달이 났다

커피를 마시는 사람들 중에는
바다를 바라보는 이가 별로 없다
바다를 온몸으로 느끼고 돌아와

자기들만의 이야기로 바쁘다

바다에 들어가지 않은 나는
멀리서 불어오는 바람을 맞으며
시를 쓰고 있다

소백산에서

누가 구름을 내리는가
멈출 줄 모르고 쏟아지는
비를 바라보며 커피를 마신다

한바탕 굵은 빗방울이
쏟아져 내리면
기승을 부리던 더위도
기가 꺾일 것이다

울창한 숲
코끝에 다가오는
싱그러운 풀내음
삶의 아쉬움이
한꺼번에 채워지는 느낌이다

여행에서 만나는
아름다움과 멋 때문에
살맛이 난다

여름날 소백산에서

한 잔의 커피를 마시고 있노라니
그리운 이름 하나
가슴 깊이 새겨진다

영동 가는 길

달빛 하얀 밤
기차 타고
영동 가는 길

외로움을 안고 홀로 가는 길
내 마음을 달래주려는 듯
보름달이 자꾸만 자꾸만 따라오고 있다

겨울밤
기차에서 마시는
커피 맛이란……

앞자리 꼬마가
나를 보고 자꾸만
싱긋싱긋 웃는다
아이의 얼굴이
달빛에 빛나고 있다

정겨운 이와 함께 떠나는 여행

정겨운 이와 함께
여행을 떠나면
어디를 가도 좋다

아무리 먼 곳이라도
지루하지 않다
어떤 이야기를 나누어도
서로의 마음을 잘 알기에
부담이 없어서 좋다

한 잔의 커피를 나눌 수 있는
분위기 좋은 레스토랑을 발견하면
한층 더 기분이 좋아진다

장항 해변가 보스 포러스 카페에서

장항 해변가
보스 포러스 카페에서 보이는
네온의 불빛이
사열 받는 병사들처럼
일렬로 빛나고 있다

깊은 초겨울 밤
카페의 창 너머 해변가에는
갯벌을 머금은 바닷물이
어둠을 깨물며
출렁거리고 있다

추위를 녹이는 장작불
천장에 작은 불빛들이
별처럼 빛나고 있다

음악도 흐르고
세월도 흐르고
낭만도 흐르는데
사랑 없이 찾아온 나그네 같은

내 커피 잔만 식어간다

카페 곳곳의 연인들은
사랑이 담긴 커피 잔을 마주하고
사랑을 속삭이고 있다

돌아가고 싶다

여행이란
무엇인가를 찾고 싶어 떠나는
몸짓이 아닌가

여행은 만남과 떠남이
동시에 이루어진다

누군가 무엇인가
기다리고 있는 것만 같아
마주치고 싶지 않은 것들을 떠나
그리움을 만들려 하지만
내 마음을 어루만져 주는 것은
아무것도 없다

내가 발붙여 살아갈 곳은
나의 집 나의 가족이 있는 곳이다

여행에서 지쳐 돌아올 때
피로에 젖은 몸을 벽에 기대고
커피를 마신다

지나온 곳에서
새롭게 만나는 곳에서
눈에 보이는 것들마다
토해놓는 그리움
나는 집으로 돌아가고만 싶어진다

외로움을 달래줄 수 있을까

낯선 곳 낯선 땅에서 마시는
한 잔의 커피가
외로움을 달래줄 수 있을까
그리움을 달래줄 수 있을까

여독에 오래도록 찌든 마음
한 잔의 커피가
걸러줄 수 있을까

고독이 나사 조이듯 조여오는
낯선 곳 낯선 땅일수록
여독으로 힘이 빠져나간
나른한 몸을 의자에
편안히 기대고 마시는
한 잔의 커피는
마음에 평안을 준다

한 잔의 커피에 모든
그리움을 타서 마신다

잊히지 않는

여행 중에 찾아낸
멋진 커피점에서
주문한 커피 맛이 일품이면
기분이 좋다

피로를 벗어놓고
안락한 의자에 깊숙이 앉아
창밖 풍경을 바라보며
혼자만의 깊은 생각에 빠져도 좋다

한 잔의 커피라도
그 진한 향기에 빠져들면
여독이 사라지고
지나온 여정에 보람도 느낀다

여행 중에 찾아낸
멋진 커피점 하나
향과 맛이 좋은 커피만큼
주인의 인심이 좋다면
오랫동안 잊히지 않는다

노천카페에서

머나먼 타국 땅에서
많은 관광객이 오가는
거리의 노천카페에서
커피를 마신다

어디서 온 사람들일까
어디로 가는 사람들일까
모두 다 표정이 밝다
서로 속삭이며 웃는다

여행의 피로를
한 잔의 커피에 녹여본다

모두 다 낯선 사람들이지만
즐거워하며 아무런 거리낌 없이
이야기를 나누는 모습이 부럽다

여행은 바로 이런 분위기를
만나기 위해 떠나는 것일까

티뷰론에서

바다 건너
밤하늘 은하수처럼
샌프란시스코의 불빛이
아름답게 수놓아진
티뷰론에서 커피를 마신다

태평양이 내려다보이는
아름다운 도시
해변으로 밀려드는
사랑의 밀어

수많은 애환을 담아 가는
금문교 밑으로 사람들의
행복과 불행이 함께 흐르는 도시
티뷰론에서의 커피는
이국의 목마른 나그네의
그리움을 적셔준다

바닷가에 위치한
티뷰론의 찻집에 앉아

커피를 마시는 동안
어디서 왔는지도 모르는
연인들이 사랑을
꽃피우고 있다

어느새 내 커피 잔은
바닥을 드러내고 있다

그대 얼굴

캔 커피 따는 소리가
경쾌하게 들린다

바쁜 걸음을
잠시 멈추고
커피를 마신다

내 마음에 가득해지는
그 향기와 그 맛
웃음꽃이 활짝 핀
그대 얼굴이 아름답다

커피는 비었지만
우리 가슴은 오랫동안
출렁거렸다

밤늦게

한 잔의 커피로
휴식을 얻고 싶었지만
밤늦게 마신 탓에
온밤을 알밤 까먹듯이
별다른 생각도 하지 못한 채
홀딱 새워버리고 말았다

빈 잔에
밤새 찾아온 허무만
담아두었다

밤늦게 커피를 마실 때
더 고독을 느낀다

뜨거운 커피

고독이 남긴 발자국이
눈물 나도록 외로울 때
커피 잔을 티스푼으로 저으며
고독마저 풀어놓는다

따뜻한 정이 듬뿍 담겨 있는
뜨거운 커피를
홀짝홀짝 소리를 내며
바닥이 드러나도록 마시는 것이
인간적이다

사납게 쏘아대는 눈빛이
고집스럽게 들러붙어
가파른 서러움도 함께 마시듯
커피를 마신다

마지막 남은 한 방울을 혀로 핥듯이
깊이 느끼는 맛이란
참으로 감동적이다

가을입니다

가을입니다
우리 만나 커피나 한잔합시다
모두 다 떠나는 계절
남아 있는 우리들의 이야기를 나눕시다

가을입니다
빛나는 태양 속에 채색된
낙엽의 색깔은 종말을 고하면서도
너무나 아름답습니다

이 푸르기만 한 가을 하늘 아래
우리도 아름다웠으면 좋겠습니다

가을입니다
그냥 보내기에는
너무나 아까운 계절입니다
마음을 나누며
손잡고 낙엽 지는 거리를 걸어봅시다

가을입니다

먼 훗날 그리울
아름다운 추억 하나 만듭시다

가을입니다
거리를 나서는 사람들의 옷도
가을로 물들어 갑니다
이 계절이 서둘러 떠나기 전에
우리 만나 커피나 한잔합시다

작은 섬

여름 여행이 끝나고
집으로 가는
버스를 기다린다

남아 있는 시간에
스카이라운지에서
커피를 마신다

등대가 있는 작은 섬을 바라보며
그리움이 있다는 것이
얼마나 좋은지를 느껴본다

여행이란
떠날 때의 즐거움도 있지만
돌아가는 기쁨이 있어 더 좋다

사람들은 이별의 서러움을 알기에
떠나기를 좋아한다
하지만 집으로 돌아가는 날은
왜 그토록 기뻐할까

세상에 집만큼 편안한
안식처가 있을까

군산 해변가 작은 영토에서

군산 해변가 도로를
달리노라면 통나무로 지은
아름다운 레스토랑
작은 영토를 만날 수 있다

분수가 솟구쳐 오르고
아름다운 경치 속에
항아리들이 조각품처럼 놓여
색다른 예술 작품을 만들어내고 있다

해변가를 바라보며
마시는 커피는
그 맛이 다르다

통나무집의 은은한 매력
통나무 탁자 위에 놓인
연인의 입술 같은 카푸치노가
그 맛을 더하고
푹신한 의자 또한
편안함을 더해준다

해변가의 야경을 바라보면
가을은 고독하기보다는
낭만을 말해준다

단골 카페

늘 다니는 익숙한 거리에
단골로 다니는 카페를 정해놓고
아무 일도 없이 들러도
분위기가 익숙해져 있어 편하다

한 잔의 커피에 부족을 느끼며
한 잔을 더 청해 마시는 날도 있다

삶엔 늘 갈증이 따라다닌다
삶엔 늘 허기가 따라다닌다

삶이 의심이 날 땐
단골 카페에 들러
푹신한 의자에 깊숙이 앉아

세상에서 제일 편안한 자세로
흐르는 시간을 느끼며
커피를 마신다
삶을 마신다

눈 내리는 날

눈이 내리는 날
당신과 함께 걸었으면 좋겠다

겨울만이 선물할 수 있는
하얀 풍경을 바라보며
가벼운 마음으로 걷고 걸으면
정겨운 마음이 가득해진다

찬 바람이 불고 눈이 날려
추워서 꽁꽁 언 손도
서로 따뜻하게 잡고 걸으면
춥지가 않다

하얗게 내리는 눈이
모든 것을 덮어주듯
서로의 마음을 덮어주면
정도 그만큼 쌓여간다

거리의 카페에서 커피를 마시며
도란도란 이야기를 나누다

팔짱을 끼고 발맞추어 눈길을 걸으면
오랫동안 추억으로 남을 것이다

사랑하는 이와 함께

사랑하는 이와 같이
마주 앉아 커피를 마시면
행복해진다

행복이란
거창한 것이 아니라서
지극히 작은 것에서도
느낄 수 있다

원두커피의 짙은 향같이
우리들의 사랑도
살며 살아가며
더욱 향이 짙어간다

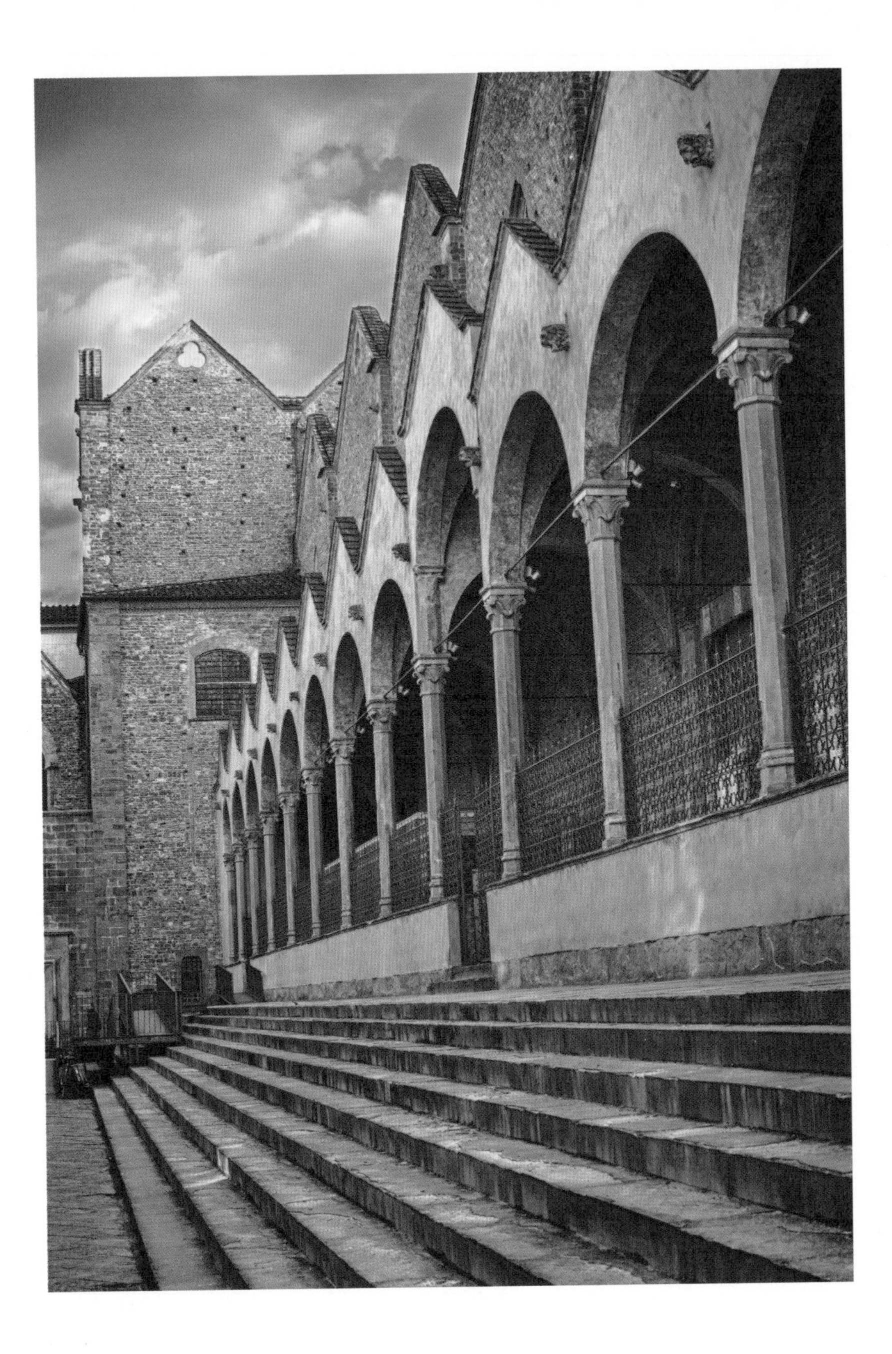

한 해 마지막 날에 마시는 커피

한 해의 마지막 날
카페에 앉아
커피를 마신다

창밖에는 수많은 사람이
오고 간다
모두들 참 열심히 산다

1년 365일 많고 많은 날이
찾아오는 듯하지만
떠나가 버리는 날들이라
지나고 나면 한순간이다

한 해를 보내는 마지막 날
들려오는 음악마저
아쉬움으로 들려온다

커피에는 쓴맛이 있어
매력적이다

고통이 있기에
후회할 것이 있기에
내일을 희망으로 가꾸며 살아간다

사랑으로 마시는 커피

까닭 없이 슬픔이 다가와도
연인과 사랑으로 커피를 마시며
미소 속에 속삭여지는 목소리를
마음에 담으면 행복해진다

어지럽게 곡예 하듯이 출렁거리는
시간들의 흐름도 멈추어놓고
연인을 만나
따뜻한 눈빛을 느끼며
커피를 마시면 행복해진다

하얀 잔에 담긴 암갈색의 커피
그 진한 맛을 온몸에 쏟으며
나는 말하고 있다

"나는 너를 사랑해!"
"나도 너를 정말로 사랑한단다!"

사랑으로 함께 마시는 커피는
정말 좋다

밤바다에서

모든 것을 잃은 듯이
두렵고 눈물겨워질 때
밤바다를 찾아 카페에 앉아
밀려오는 거칠고 사나운 파도를 바라보며
뜨거운 한 잔의 커피를 마신다

진한 맛이 혀끝에서
혀끝으로 전해진다

커피는 거품이 많아야
신선한 커피이듯이
바다는 파도쳐야 살아 있는 바다다

시시때때로
몰아치는 파도 같은 열정을 풀어내고
쏟아낼 때 살아 있는 느낌을 받는다

슬픔을 감당할 수 없어
참지 못하고 경련을 일으켜
거칠게 몰아쳐 오는 파도를 바라보며

마시는 한 잔의 커피로
질긴 고통에서 잠시 벗어나려는데
목구멍에서 흘러내린 커피가
파도를 치기 시작한다

새벽에 마시는 커피

밤새 달려온 목마름을
한 잔의 커피로 적신다

공허한 창자를 쓸어내리는
찌든 고독을 씻어버리고 싶다

블랙커피의 진한 맛에
삶의 깊이를 다시 느껴본다

삶이란 고독하기에
살아갈 의미가 있는 것이 아닐까

고독하기에 사랑하고 싶다
고독하기에 시를 쓴다

새벽에 마시는 커피가
밤새 어깨에 쌓인
피곤을 삼켜버린다

아!

우리의 삶이란
때로는 쓰디쓴 커피같이
너무도 고독하다

어느 날

바람으로 다가온
고독 탓에
뛰쳐나가듯 거리로 나와
찾아든 카페에서

혼자 커피를 주문해놓고
아무리 세련된
표정을 지어보아도
아무런 의미가 없다

책을 보아도
보는 척이고
몇 자를 적어보려 해도
끼적거리는 것이고
괜스레 마음만 더 허전하다

이미 식어버린 커피를
한 모금 한 모금 마셔보아도
맛조차 잃어버렸다

물컵에 남아 있던
마지막 물 한 방울까지
목으로 넘겨보아도
카페를 홀로 찾은
내 마음의 허전함은
여전하다

커피가 주는 행복감

커피를 마시기 전 먼저 향기를 맡는다
키스를 하듯 입술을 조금 적셔
맛을 음미한다

기분이 상쾌하다
이 맛에 커피를 마신다
한 잔의 커피가 주는 행복감

삶도 허둥지둥 살며
뭐가 뭔지 모르고
살아갈 때가 있다
우리들의 삶도
향기와 맛을 음미해가며
살아가야 하지 않을까

행복이란
그 느낌을 아는 사람에게 찾아온다

똑같은 커피도
장소에 따라

타주는 사람에 따라
시간에 따라
기분에 따라
컵에 따라
그 맛이 전혀 다르다

삶도 마찬가지
음미하며 살아가자
시간이 너무
빠르게 흐르고 있다

식어버린 커피

갑자기 커피 생각이 간절해져
금방 마실 것처럼
커피를 타달라고 하고선
까맣게 잊어버리고 있었다

식어버린 커피
내 삶도 때로는
이런 모습이 아닐까

잊어버린 채
나도 모르는 사이에
시간만 흐르고 있는 것은 아닐까

살아가다 보면
안타까울 때가 있다

내 삶도
무관심 속에
식어버린 커피 같다는
생각이 들 때가 있다

뒤늦게 단숨에
마셔버리는 커피
내 삶도 살아버리는 것
같을 때가 있다

삶이란
의미를 가지고
깊이 느끼며
살아야 하는 것이 아닐까

고독이 떠나지 않는 날

벨도 누르지 않고
기척도 없이
찾아온 고독이
떠나가지 않는 날에는

풀잎이 이슬에 젖듯이
커피에 입술을 적시며 마신다

고독은
삶의 갈증인가

서서히 타들어 가는
마른 목숨에
나이가 들어가며
목마름이
순간순간 찾아온다

고독이 문을 잠근 날 마시는
한 잔의 커피는

깊은 사색과
침묵의 세계로
나를 안내한다

한겨울에 마시는 커피

바람 소리마저 쌀쌀한
혹한의 겨울
커피를 주문한다

빨개진 귀 끝
찡한 코끝
추위로 몸서리친다

테이블 위에 놓인
김 오르는 커피 잔을
두 손으로 꼭 쥔다

따뜻한 감촉
뜨거운 액체가
몸속으로 들어간다

한 잔의 커피에
얼었던 몸이 녹는다
겨울에 마시는 커피
이 맛이다

이 순간도
뜨거운 커피를 마시고 싶다

지금 내 마음엔
차가운 겨울바람이
씽씽 불고 있기 때문이다

낯선 거리에서

낯선 거리에서 서성거리다가
찾아들어 가 청해보는
한 잔의 커피

이 한 모금이
피곤해서 지쳐 있는
나그네와 같은 삶을
얼마만큼이나 적셔줄까

인생이란 거리에서
무언가를 찾겠다고
무언가를 찾으리라고
헤매다 헤매다
떠나가는 사람들

잠시나마
쉴 시간이
쉴 공간이 필요하기에
한 잔의 커피를 청하고 있다

어느 날에는
추억을 마시고 싶어
또다시
한 잔의 커피를 청하리라

고독 속의 행복

강렬한 사랑의
고통으로 인해
고독이 와락
나를 껴안는 날엔
진한 블랙커피를
마시고 싶다

그리고
한 편의 시를 쓴다

삶 속에서
사랑이란
기쁨만이 아니라는 것을 안 후로는
섣부른 사랑 타령이 시시해진다

사랑은
이루어지는 것이 아니라
이루어가야 하는 것

무언가 부족하기에

사랑은
아름답지 않은가

사랑하는 이가 타주는
한 잔의 커피가 있는 날은
고독이 아닌 행복이
나를 힘껏 안아준다

가을밤의 커피

귀뚜라미 소리
유난히 들리는 가을날
마시는 한 잔의 커피

인생의 맛을
느끼게 해준다

고독한 시간에
벗해주는
한 잔의 커피

우리들의 삶이란 언제나
동반자가 필요하다
쓴맛 단맛이 어우러지는
동반자가 필요하다

쓰기만 하면
무슨 재미가 있겠는가
달기만 하면
무슨 느낌이 있겠는가

귀뚜라미 울어대는 가을밤
한 잔의 커피는
다시 한 번
인생을 깨닫게 해준다

언제나 천국

고풍스런 카페에서
사랑하는 사람과
눈빛을 마주치며
마시는 원두커피

그 향기
그 맛을
사랑으로 느낀다

사랑은 온 세상을
동화의 나라로 만들다가
고독의 나라로 만들어버린다

사랑하는 사람과
마음이 통하는 순간이
언제나 천국이다

여행 중에 마시는 커피

여행 중에 마시는
한 잔의 커피
편안함을 준다

마음에 쉼을 얻고 싶을 때
피곤을 온몸 가득 느낄 때
비록 자동판매기 커피지만
혼자 아닌
사랑하는 사람과 함께하면
그 기분은 만점이다

한 잔의 커피를
한 모금 한 모금
나누어 마시는 기분도 최고다

사랑 탓이리라
사랑 때문이리라

행복을 주는 사람

잠깐 만나
커피 한 잔을 마시고 헤어져도
행복을 주는 사람이 있다

생각이 통하고 마음이 통하고
꿈과 비전이 통하는 사람

같이 있기만 해도
마음이 편한 사람
눈빛만 보아도
편안해지는 사람

한 잔의 커피를 마시고 일어나
다시 만나기로 약속하면
그 약속이 곧 다가오기를
기다려지는 사람이 있다

사랑하는 사람
행복을 주는
다정한 사람이 있다

커피와 인생

한 잔의 커피도
우리의 인생과 같다

아무런 의미를 붙이지 않으면
그냥 한 잔의 물과 같이
의미가 없지만

만남과 헤어짐 속에
사랑과 우정 속에
의미를 가지면

그 한 잔의 작은 의미보다
많은 의미를 가질 수 있다

우리의 인생도
그 인생을 살아가는 사람들에 따라
의미가 다를 것이다

모두 다 저마다의
삶의 의미를 갖고

저마다 자신의 삶을
오늘도 살아가고 있기 때문이다

한 잔의 커피에
낭만과 사랑을
담고 마실 줄 아는 사람들은
그들의 삶에도 역시
낭만과 사랑이 있으리라

우리의 사랑엔

우리가
처음 만났을 때
커피를 시켰습니다

무슨 말을 할까
곰곰이 생각하며
커피를 한 모금 마셨습니다

얼굴도 제대로
마주 못 보고
어리숙한 몸짓으로
사랑이 시작되었습니다

우리가 사랑을 시작하고
연인이 되어
커피를 시켰을 때
웃음 속에
이야기가 끝날 줄 몰랐습니다

우리의 사랑엔

한 잔의 커피가
놓여 있었습니다

지금 이 순간에도

해변에서

파도가 몰아치는
해변이 바라다보이는 찻집에서
한 잔의 커피를 마신다

온 세상을
모두 다 삼켜버릴 것만 같은 몰아침

이 파도가 두렵다기보다
신이 나는 것은 왜일까

사랑하는 사람이 곁에 있기 때문이다
사랑하는 사람이 함께 있기 때문이다

파도가 몰아치는 해변에서
마시는 한 잔의 커피

세상의 어떤 파도가 몰려와도
우린 이겨내리라
사랑만 있다면

이렇게 눈이 내리는 날은

눈이 펑펑 쏟아지던
겨울날

창밖을 내다보다
온 가슴에
그리움이 번져가는 것을
억누를 수가 없었다

누구를 만날까
어디로 갈까
모두들 나 같은 마음일까

번민 속에 빠져들다
한 잔의 커피를 마신다

온몸에 퍼지는 따뜻함
그대 손길이 그립다
이렇게 눈이 내리는 날은

널 만났으면 좋겠다

만날 사람도 없이
커피를 마시며
괜히 고독한 척 앉아 있을 때

따분함이 가득 차 있으면서도
머릿속에선
더 고독한 포즈를 취하라고
지시를 내린다

행위 예술가라도 되어버린 듯
살아 꿈틀거리는
조각품이 되어버린 날

마음속에
깎아 내리고 깎아 내려도
남아 있던 그리움이
둥지를 몇 개씩 틀어놓았다

정말 이런 날은
널 만났으면 좋겠다

네가 보고 싶은 이 가을

사랑하는 사람아
낙엽 지는 이 가을날
눈물 나도록
고독해지는 날

우리 만나
커피를 마시자

자꾸만 보고만 싶다
무슨 이야기든
나누고 싶다

너와 나
서로 만나 마시는 커피
술잔은 아니지만
맞부딪치며 축배를 들자

그리운 사람아
가슴이 빠개지도록
네가 보고픈 이 가을

우리 만나
아늑한 카페에서
따뜻한 커피를 마시자

하루 온종일
우리만의 이야기를 해보자

당신과 함께 마시는 커피

사랑하는 사람과
마시는 커피 한잔도
커피 잔이 똑같은 것이 좋다

입술이 닿는 쪽에
아름다운 꽃 한 송이가
들어 있는 잔은
커피를 마실 때
코끝으로 꽃향기가
물씬 풍기는 듯하다

사랑하는 이의 하얀 웃음이
함께하는 커피 한잔
때로는 말없음표가
한없이 진행되어도
함께하는 것만으로도 행복하다

사랑은 이런 거야
마음에 속삭이듯
들려오는 소리가 있기 때문이다

어느 가을날

고독하던 날

낙엽마저
떨어지더니
갈색의
한 잔의
커피가 되었다

어느
가을날

늦은 밤에

늦은 밤에 원두를 갈아 뽑은
커피 향에 푹 빠져서
시를 쓴다

작은 일에도 행복해하고
작은 일에도 불행을 느끼며
삶을 글자에 담아 써 내린다

누가 무어라 해도
삶은 살아갈 만한 것이다
행복도 불행도
살아 있기에 느끼는 것이 아닌가
사랑도 이별도
살아 있기에 느끼는 것이 아닌가

공복이 차오른다
허기진 배를 움켜쥐고 다시
한 잔의 뜨거운 커피를 마시면
목줄기를 타고 뱃속까지 흘러내린다
오늘 밤은 깊이 잠들지 못할 것 같다

사랑하는 사람아

사랑하는 사람아
가로등이 켜지는 시간에
우리 만나
한 잔의 커피 속에
사랑을 이야기합시다

그대가 좋아하는 음악이
흐르는 그곳
우리의 사랑이
우리의 만남이
시작된 그곳에서
우리 만납시다

밤이 되면
모두들 어둠 속에 숨지만
우리는 서로의 얼굴을
마주하고 사랑을 이야기합시다

쓴 커피에
달콤한 맛을 내주는

설탕 같은

사랑을 나눕시다

어느 날 밤에

어둠 속에
홀로 남아 있음이 싫어
고독을
한 잔의 커피에
타 마신다

왠지 서글퍼 눈물이 난다

세월만큼 늘어가는
주름살의 숫자만큼
인생을 알 만하다

그래도 살아감이 좋다

커피 잔을 들고
창밖을 바라보며
하루 일을 끝내고
돌아오는 사람들의
발걸음이 피곤하다

그래도 살아감이 좋다

이 밤은
나에게 단잠을 줄 것이다

그대와 마주 앉아

그대와 마주 앉아
얼굴을 바라보며
커피를 마실 때면 행복하다

입술에 묻어나는
커피의 쓴맛 후의 달콤함이
우리의 사랑 같다

어느새 마신지도 모르게
잔은 비워지지만
어느새 깊이 빠진지도 모르게
우리 사랑은 가득 채워진다

그대와 마시는 커피라면
어느 곳에서 마셔도 행복하다
그대 얼굴을 바라만 보아도
나는 그만 그대에게 빠져버리고 싶다

가을을 마시자

가을날
한 잔의 커피를 마시며
잔을 바라보다
문득 온 가을이
녹아 있음을 느꼈다

낙엽들이 어느 사이에
이 작은 찻잔에
모여들었을까

커피 색깔이
마치 낙엽이
녹아내린 것만 같다

그래 커피가 아니라
가을을 마시자
그래 커피가 아니라
고독을 마시자

커피에 온몸이 젖어갈 무렵

고독에 젖어
손을 턱에 괴고
창밖을 바라보고 있었다

영화 감상

아름다운 감동을 주는 영화를
감상하고서 마시는 커피
진한 맛이 좋다

장면 장면이 주는
격동과 설렘을
서로의 시선 속에서 확인한다

주인공들의 삶의 모습이
우리의 얼굴 모습을
순간순간 바꾸어놓는다

오랫동안 잊히지 않을
명화를 본 날
우리의 데이트는
구름 한 점 없는
푸른 하늘 같은
삶의 행복을 확인했다

남의 이야기를

내 이야기처럼
아름답게 받을 수 있을 때
우리의 이야기도
아름답게 만들 수 있다

컵 하나엔

컵 하나엔 언제나
한 잔의 커피만을
담을 수 있다

우리가 몸서리치며
어금니 꽉 깨물고
살아보아도 욕심뿐
결국 1인분의 삶이다

컵에 조금은 덜 가득하게 담아야
마시기 좋듯이
우리의 삶도
조금은 부족한 듯이 살아가야
숨 쉬고 살 수 있다

별들의 눈빛이 빛나는 밤이면

별들의 눈빛이 빛나는 밤이면
세상 삶에 쫓기던 나는
조용한 시간을 만들고 싶어진다

그대와 함께
우리 둘만의 사랑의 언어로 만들어지는
숲과 골짜기를 찾아가고만 싶다

설레고 설레는 마음을 어떻게
다 표현해야 할지 잘 모르겠다

한 잔의 커피로 이루어지는
마음속의 따뜻한
이 기분이라면
오늘은 꿈도 아름다울 것이다

커피 잔을 바라보다

커피 잔을 바라보다
나도 모르는 사이에
갈색 호수에 빠져든다

숲 속에서 물을 찾아 나온 사슴인 듯
눈을 감고 음미해본다

한순간 모든 것이 정지된 듯
빠져들었지만
빠져든 나는 남고
커피 잔은 하얗게
비워져 있다

한 잔의 커피에서
무엇을 채우고자 하는가
살아감도 무엇인가를 채우기 위해
누군가는 희생되어야만 하는데

산 위에 올라

산 위에 올라 마시는
한 잔의 커피

산 아래 내려다보이는 도시
그곳에서 내가 살아왔다

모든 것이
발아래인 줄 알고
만족함을 느껴본다

눈을 들어 하늘을 보며
인간의 나약함을 느낀다

날마다 거대하게 바라본 도시도
저리 작게 보이는데
하늘 아래
내 모습은 어떠하겠는가